La butaca humana

—

Edogawa Rampo

Colección Hilados - 8
Primera edición, enero 2025

La butaca humana, Edogawa Rampo

© de la presente edición
Satori Ediciones
C/ Domingo Juliana, 16, 33213, Gijón, España
www.satoriediciones.com

Traducción: Daniel Aguilar
Cubierta y maquetación: Marco Recuero
Impresión: Gráficas Eujoa

ISBN: 978-84-19035-94-3
Depósito legal: AS 02099-2024

Impreso en España – Printed in Spain

Todas las mañanas pasadas las diez, después de despedir a su esposo cuando salía hacia las oficinas del ministerio, Yoshiko quedaba por fin libre para sus asuntos. Tenía por costumbre enclaustrarse entonces en la biblioteca que compartía con su esposo en la edificación de estilo occidental aneja a la vivienda. Una vez allí, se dedicaba durante aquellos momentos a escribir un largo original que le habían encargado para el número extra de verano de la revista *K*.

Últimamente, su fama como escritora elegante y de gran belleza había llegado a eclipsar la figura de su esposo, secretario del Ministerio de Asuntos Exteriores, y casi a diario llegaba a su casa un buen número de cartas de admiradores desconocidos.

Se sentó frente a la mesa de la biblioteca, pero antes de empezar a trabajar también aquella mañana echó una ojeada a dichas cartas. Como si fuera algo preestablecido, todas y cada una de las misivas que recibía estaban repletas de frases aburridas, pero ella, dado su generoso corazón femenino, había decidido que leería al menos por encima cualquier carta que le fuera dirigida. Empezando por las más sencillas, abrió dos de los sobres y, tras leer también otra en formato de tarjeta, solo le quedó un abultado paquete que parecía contener un original. No había recibido ninguna nota en particular que le comunicara el envío, pero con frecuencia le enviaban manuscritos por sorpresa. En dichas ocasiones, por lo general eran largas y aburridas historias, obra de aficionados, pero aun así tenía por norma leer al menos el título, de modo que rasgó el sobre y sacó el fajo de hojas de su interior.

Tal y como pensaba, se trataba de un conjunto de folios especiales para escribir originales, manuscritos y encuadernados de manera sencilla[1]. Pero, cosa extraña, carecían de título y de la firma del autor; en su lugar, un «Estimada señora» los encabezaba, como dirigiéndose a ella. ¿Qué sería aquello? ¿Estaría ante una carta? Con estos pensamientos, leyó rápido la segunda y la tercera líneas, pero, según avanzaba, comenzó a invadirle el presentimiento de que aquel texto encerraba algo

---

1   En Japón, hasta no hace muchos años, se utilizaba un papel cuadriculado especial para escribir originales, que luego encuadernaba el propio autor de manera simple, haciendo uno o dos agujeros en las hojas y pasando por ellos un cordel. Al tener un número fijo de cuadrículas y llenar solo un carácter por cada cuadro, resultaba cómodo para editores y autores contar el número de caracteres.

anormal y, además, extrañamente siniestro. Y entonces, arrastrada por su innata curiosidad, se puso a leer todo de un tirón.

* * *

Estimada señora:

Le pido a usted mil disculpas por el hecho de que un hombre como yo, a quien no conoce en absoluto, le remita de repente esta carta tan descortés.

Supongo que se sorprenderá usted enormemente con lo que voy a decirle, pero mi intención a partir de ahora es confesarle el inusual delito que he cometido.

Durante varios meses, he llevado una vida similar a la del mismo diablo, ocultándome por completo a la mirada de la sociedad. Por supuesto, no hay una sola persona en este ancho mundo que esté al tanto de mis actos. Es posible que, de no haber ocurrido cierto suceso, hubiera permanecido así para siempre, sin regresar jamás al mundo de los seres humanos.

Sin embargo, hace poco se produjo en mi interior una extraña transformación. A partir de ese momento sentí que no podría soportar más tiempo sin confesar las circunstancias por las que el destino me ha conducido a esta situación. Pero, diciéndole tan solo esto, es muy posible que desconfíe usted en varios puntos, por lo que le pido que, en cualquier caso, lea esta narración hasta el final. De esa manera, comprenderá con claridad por qué me invadió dicho estado de ánimo, y también por qué esta confesión tenía que hacérsela llegar a usted en particular.

Pues bien, entonces…, ¿por dónde empiezo? Se trata de unos hechos tan insólitos, tan ajenos a todo lo humano, que, a la hora de exponerlos a través de un medio tan cotidiano como una carta, me siento inusitadamente incómodo y mi pluma se vuelve torpe. Pero no puedo permitirme seguir dudando. Sea como sea, iré escribiendo por orden cuanto ha sucedido desde el comienzo.

Nací con un aspecto de una fealdad como hay pocas en este mundo. Le ruego que no olvide este detalle en ningún momento. De no ser así, en caso de que llegue usted a prestar oídos a este ruego tan descortés y acepte encontrarse conmigo, me resultaría insoportable mostrarle un rostro que, siendo ya de por sí feo, ha sido empeorado durante meses por una vida insalubre hasta hacerlo tan horrible que resulta imposible de mirar por segunda vez sin haberla advertido antes lo más mínimo acerca de ello.

¿Por qué estaré marcado por un karma así? Y es que, a pesar de poseer un aspecto de tamaña fealdad, en el interior de mi cuerpo ardía oculta la más salvaje de las pasiones que puedan existir. Olvidándome de que mi cara era como la de un monstruo y también de mi pobreza, de que mi condición real no pasaba de ser la de un simple artesano, me encontraba embelesado ante todo tipo de dulces sueños y lujosas fantasías.

Si hubiera nacido en el seno de una familia con más medios, acaso podría haber empleado el poder del dinero para disipar un tanto el desconsuelo de mi fealdad, sumergiéndome en un mundo de diversiones. O, si me hubiera sido concedido algo de talento artístico, podría haber olvidado quizá la insipidez de la realidad dedicándome, por ejemplo, a escribir bellas poesías. Sin embargo, para mi desgracia, no disfrutaba de ninguna de aquellas bendiciones y, en mi lastimosa condición como descendiente de un artesano de muebles, no me quedaba más solución que subsistir día a día mediante el oficio que me había legado mi progenitor.

Mi especialidad es fabricar todo tipo de sillas y sillones. Puesto que los productos que yo elaboraba eran apreciados hasta por los clientes más exigentes, también las oficinas comerciales extranjeras se fijaron en mí de un modo particular y me encargaban sobre todo muebles de calidad. Estos pedidos conllevan, además, la solicitud de una serie de complicados detalles tanto del tallado del respaldo o los reposabrazos como de la sensación que debe producir el cojín del asiento o las medidas exactas de cada una de las partes. Existen sutiles variaciones en los gustos según el cliente, haciendo que la fabricación del producto encierre unas dificultades inimaginables para el profano, pero, cuanto más esfuerzo supone, la alegría al ver el producto finalizado es mucho mayor. Sé que resulta algo fatuo por mi parte, pero creo que el sentimiento que se experimenta entonces no se puede comparar ni con la alegría que embarga a un artista cuando ve completada su obra maestra.

Cuando termino uno de mis sillones, primero pruebo a sentarme yo mismo en él para comprobar la sensación que produce. En esos momentos, a pesar de llevar a diario la insípida vida del artesano, uno experimenta una satisfacción especial, imposible de describir. ¿Qué persona de alto rango o qué hermosa dama se sentará aquí? Puesto que se llega al punto de encargar un sillón tan fabuloso como este, el lugar de destino debe de ser una mansión que, con certeza, tendrá una lujosa estancia en consonancia con el mueble. De sus paredes, como es lógico, colgarán cuadros al óleo obra de pintores famosos y sin duda del techo penderá una gran lámpara con cristales refulgentes como incomparables joyas. Probablemente, el suelo estará cubierto por una costosa alfombra y en la mesa frente a esta silla habrá dispuestos deslumbrantes ramilletes de florecillas occidentales en su plenitud, exhalando un dulce perfume. Cuando me sumía en esas fantasías, era como si, como si... Bueno, aunque fuera solo por unos instantes, sentía que me había convertido en el dueño de aquella maravillosa habitación, lo que me proporcionaba un placer indescriptible.

Con el tiempo, mis vacuas y efímeras quimeras fueron en aumento, de un modo imparable. Yo, que no pasaba de ser un artesano feo y pobre, en mi mundo de fantasías era un encumbrado noble que se sentaba en el fabuloso sillón fabricado por mí. Y esa amada mía que aparecía siempre en tales ensoñaciones sonreía resplandeciente a mi lado mientras escuchaba fascinada mis palabras. Pero eso no era todo. En mis sueños, tomaba su mano entre las mías y nos susurrábamos mutuamente dulces palabras de amor.

Sin embargo, mi vaporosa fantasía de tenue color púrpura se rompía inevitablemente al instante a causa de la molesta voz de algún ama de casa del vecindario, un llanto histérico acompañado de chillidos o el griterío de un crío enfermo. Entonces, reaparecía ante mí la triste realidad, mostrando insolente su grisácea carcasa. Al volver al mundo real, no encontraba allí nada parecido al elegante aristócrata de mis sueños, sino mi propia y miserable imagen, cargada de fealdad. Y aquella belleza que me había sonreído hasta hacía un momento... ¿Dónde podría existir algo similar? Si ni siquiera la sucia y desgreñada mujer que cuidaba del mugriento niño que jugueteaba a su lado se dignaba dirigir una simple mirada a alguien como yo... El único resto que quedaba de mi sueño era el sillón que había fabricado, plantado allí, solitario frente a mí. ¿Y acaso no era cierto que incluso ese sillón, dentro de poco, sería transportado a alguna parte, a un entorno por completo diferente al mío, y desaparecería de mi vista?

De esta manera, cada vez que terminaba una de mis sillas, me asaltaba una indescriptible desazón. Aquel incalificable estado de ánimo, que odiaba de manera profunda, se iba agravando con el paso de los días y, poco a poco, fue alcanzando un extremo cada vez más difícil de soportar.

«Para seguir viviendo así, como un gusano, más me valdría morirme de una vez».

Reflexionaba acerca de esta cuestión con la mayor seriedad. En mi taller de trabajo, mientras esculpía con mi formón, incrustaba los clavos golpe a golpe o extendía aquel barniz de olor tan penetrante, pensaba lo mismo una y otra vez.

«Pero, un momento. Si estás dispuesto a morir, si hasta ese punto ha llegado tu determinación, ¿no habrá otras posibilidades más satisfactorias? Por ejemplo...».

De tal modo, mis pensamientos fueron desviándose hacia una dirección cada vez más espantosa.

Justo por aquellos tiempos me encontraba enfrascado en un encargo especial, de un tipo que no había fabricado hasta entonces. Se trataba de unas butacas de gran tamaño, revestidas de cuero y con reposabrazos, que estaban destinadas al hotel de un extranjero en la ciudad de Y.[2], donde yo vivía. Lo normal hubiera sido pedir que se las trajeran desde su propio país, pero la oficina comercial extranjera para la que yo solía trabajar le convenció de que en Japón había un artesano de sillas cuyos trabajos no desmerecían de los foráneos,

---

2   Se refiere a la ciudad de Yokohama, entonces el lugar por excelencia (junto a Kobe) donde residía la población extranjera, debido a la presencia del importante puerto. Por otra parte, aunque el texto no lo especifica casi nunca, todo hace pensar que la mayoría de las veces que Rampo utiliza en este relato la palabra *extranjero* quiere decir «occidental».

por lo que el encargo recayó en mí finalmente. Ante tal situación, dedicaba todos mis esfuerzos a la fabricación de las butacas, olvidándome a veces hasta de comer o dormir. En verdad, puede decirse que puse en ello mi alma, trabajando absorto por completo.

Pues bien, al verlas finalizadas, me invadió una satisfacción como no había experimentado antes. El acabado era tan impresionante que me quedaba arrobado en su contemplación aun siendo yo el autor. Como solía hacer, tomé una de las cuatro butacas que formaban el conjunto y la llevé a la habitación entarimada, que tenía muy buena luz solar, y una vez allí me dejé caer con suavidad sobre el asiento. ¡Qué sensación tan indescriptiblemente agradable al sentarme en ella! Muy confortable, y la resistencia que ofrecía el cojín no era ni demasiado dura ni demasiado blanda. Como no me gustaba el color resultado del tinte, dejé la superficie de cuero con su tono grisáceo natural. El tacto que producía la piel curtida, junto con la inclinación perfecta del mullido respaldo y el par de reposabrazos que se elevaba ligeramente hacia arriba como una colina de elegantes curvas, ofrecía un conjunto de una armonía extraordinaria. Era como si la palabra *confort* hubiera tomado forma física.

Hundiéndome a placer en aquel mueble y acariciando con ambas manos los redondeados reposabrazos, permanecí como en un ensueño. Entonces, arrastrado por mi vicio habitual, comencé a sumirme en una imparable sucesión de fantasías multicolores tan deslumbrantes como un arcoíris, que bullían en mi interior una tras otra. ¿Será eso a lo que llaman alucinaciones? Cuanto cruzaba por mi mente se aparecía ante mis ojos con una claridad tal que incluso llegué a temer haber perdido el juicio.

Mientras me encontraba en dicho estado, brotó de pronto en mi mente una idea maravillosa. Tal vez sea a este tipo de pensamientos a lo que llaman «el susurro del diablo». Se trataba de algo tan absurdo y disparatado como las situaciones que vemos en el mundo de los sueños, y un tanto siniestro. Pero en ese carácter siniestro yacía una fascinación indescriptible que me tentó de modo irremediable.

Al principio consistía en un deseo muy simple: no quería desprenderme de aquellas hermosas butacas en cuya fabricación había puesto todas mis energías y me gustaría, si tal cosa fuera posible, ir con ellas a todas partes. Después, esa idea fue extendiendo sus alas poco a poco de manera difusa hasta que, en un momento dado, mis recientes fantasías fermentaron en el interior de mi cabeza y se entrelazaron de manera espantosa con esta nueva ocurrencia. Y, entonces, a qué punto llegó mi locura… Decidí poner en práctica mi estrafalaria y singular fantasía.

A toda prisa, escogí la butaca que me pareció de mejor acabado y la desmonté por completo. Acto seguido, volví a montarla adaptándola para que sirviese a mi nuevo y extraño proyecto.

Puesto que se trataba de un sillón con brazos de gran armazón, el cuero del forro del asiento llegaba casi a rozar el suelo. Además, tanto el respaldo como los reposabrazos eran muy gruesos. Por tanto, su interior formaba un hueco de tal tamaño que, si alguien se ocultara allí, no sería descubierto. Por supuesto, dentro había un amplio marco de madera y repartidos varios muelles, pero me encargué de realizar algunas modificaciones, de modo que, introduciendo las rodillas bajo el asiento y el tronco y la cabeza detrás del respaldo (es decir, sentándose en forma de silla), había espacio suficiente para que alguien pudiera ocultarse en su interior.

Como estas modificaciones son una de mis especialidades, conseguí un producto final muy práctico. Por ejemplo, para cuestiones como respirar o escuchar los sonidos del exterior, en algunas partes de la superficie de cuero abrí unas diminutas rendijas que no se advertían desde fuera; después, en la cara interior del respaldo, justo donde iría la cabeza, dispuse un pequeño estante para almacenar cosas (ahí coloqué un cilindro metálico con agua y unas galletas secas de las que utiliza el Ejército) y luego también unas grandes bolsas de goma para ciertas necesidades. Aparte, añadí algún que otro detalle de manera que, siempre y cuando se contase con suficiente alimento, uno pudiera pasar allí dentro dos o tres días sin mayores dificultades. En otras palabras, el interior de aquella butaca se convirtió en la habitación de una persona.

Quedándome en mangas de camisa, abrí la tapa del fondo que había dispuesto como entrada del mueble y, a rastras, introduje por completo el cuerpo en el interior. Sin lugar a dudas, producía una impresión desconcertante. Me sentía en un mundo extraño, a oscuras en su totalidad, agobiante, casi como si hubiera penetrado en el interior de una tumba. Pensándolo bien, en realidad se trataba de una. Puesto que, en el mismo instante en que me introduje en la butaca, igual que si me hubiera cubierto con un manto de invisibilidad, desaparecí del mundo de los seres humanos.

Poco después llegaron unos mandados de la oficina comercial extranjera, quienes, al objeto de llevarse los cuatro butacones con reposabrazos, habían acudido con un gran carro. Desconocedor de mis planes, les atendió el aprendiz que vivía conmigo (bajo mi techo vivíamos únicamente él y yo). A la hora de cargar las butacas en el carro, uno de los trabajadores exclamó: «¡Esta pesa una barbaridad!», por lo que no pude evitar que me diera un vuelco el corazón dentro del mueble. Pero como, al fin y al cabo, este tipo de butacas resultan muy pesadas de por sí, no sospecharon nada en particular y al cabo de un rato sentí cómo el traqueteo del carro transmitía a todo mi cuerpo una extraña sensación.

Me sentía extremadamente preocupado, pero al final no tuve problema alguno y, en la tarde de ese mismo día, la butaca donde me ocultaba ya estaba colocada en una de las estancias del hotel. Lo supe un tiempo después, pero aquella no era ninguna habitación dedicada al alojamiento de los clientes, sino algo similar a una salita de espera donde uno podía conversar con los demás, leer el periódico o distraerse fumando. En definitiva, un lugar en el que entraba y del que del que salía gente continuamente, lo que se llama un *lounge*[3].

Imagino que hace ya tiempo usted se habrá dado cuenta, pero el principal objetivo de tan estrafalario plan era aprovechar las ocasiones en que no hubiera nadie alrededor para salir de la butaca y recorrer sigilosamente el hotel para robar. ¿Quién podría imaginar algo tan absurdo como que una persona se ocultase en una de las butacas? Como si fuera una sombra, podía moverme con plena libertad de una habitación a otra, desvalijándolas. Y, para cuando la gente comenzara a alborotarse, bastaría con regresar a mi vivienda secreta dentro de la butaca y, sofocando mi respiración, asistir desde allí como espectador a sus torpes búsquedas y pesquisas.

Supongo que conoce usted ese tipo de cangrejo llamado ermitaño que se encuentra por las playas en la zona donde rompen las olas. Tiene la apariencia de una gran araña y, cuando no hay nadie cerca, camina por ahí muy ufano, dándoselas de amo y señor, pero, en cuanto detecta el más leve ruido de pasos, huye a una velocidad increíble al interior de una caracola. Luego, mientras permanece atento a los movimientos del enemigo,

---

3   En inglés en el original.

asoma tan solo el extremo de una de sus repulsivas patas peludas. Yo actuaba exactamente igual que uno de esos cangrejos ermitaños. En lugar de una caracola, tenía por vivienda secreta aquella butaca en la que me ocultaba y, en lugar de la playa, el hotel, por el cual me paseaba ufano, dándomelas de amo y señor.

Pues bien, este disparatado plan mío —de hecho, por dicha condición de disparate— quedaba más allá de lo imaginable y por eso cosechó un éxito fabuloso. Al tercer día de llegar al hotel, ya había completado uno de estos «trabajos». El miedo cuando llegaba el preciso instante de llevar a cabo el robo, la sensación de placer, la indescriptible felicidad cuando la tarea finalizaba con éxito y, después, la diversión que suponía asistir en silencio al espectáculo que se desarrollaba a un palmo de mis narices, donde la gente hacía gran alboroto gritando cosas como «Ha huido por aquí», «No, se ha ido por allá»... ¡Qué extraño atractivo encerraba todo aquello y cómo lo disfruté!

Pero, por desgracia, no tengo tiempo ahora para hablarle de ello con detenimiento. Durante aquella época descubrí un placer fantástico en un grado tan extremo que me producía una alegría diez o veinte veces mayor que la de los robos. Y, en realidad, el auténtico propósito de esta carta es confesarle algo en relación con ello.

Retomando mi historia, creo que debería comenzar por el momento en que mis butacas fueron colocadas en el *lounge* del hotel.

Al llegar estas, los dueños del hotel dedicaron un rato a examinarlas y comprobar la sensación de sentarse en ellas, pero pronto quedó todo en silencio, sin un sonido que quebrase el ambiente. Pensé que probablemente ya no quedaba nadie en la habitación. Sin embargo, como acababa de llegar, tenía demasiado miedo como para salir del interior de la butaca. Durante un larguísimo tiempo (o quizá solo me lo pareció así) permanecí completamente inmóvil, con los nervios concentrados en los oídos, atento a cuanto pudiera suceder y dispuesto a no dejar pasar por alto ningún sonido.

Hallándome así, al cabo de un momento me llegó, quizá procedente del pasillo, el resonar de unos pesados pasos que se aproximaban. Cuando estaban a unos cuatro o cinco metros de distancia, debido a la alfombra que cubría el suelo de la habitación, el eco se transformó en un sonido apagado, apenas audible. Pero, muy poco después, percibí una agitada respiración nasal y, antes de que pudiera darme cuenta, un voluminoso cuerpo, que parecía el de un occidental, se dejó caer de golpe sobre mis rodillas y se removió luego dos o tres veces para repantigarse a gusto. Mis muslos y las contundentes posaderas de aquel hombre estaban separados únicamente por una fina cubierta de cuero curtido, tan pegados entre sí que podía sentir su calor corporal. Sus anchos hombros quedaban recostados justo sobre mi pecho y sus pesados brazos se superponían a los míos, separados solo por el cuero. Luego me pareció que se ponía a fumar un puro. A través de las rendijas practicadas en el cuero me llegó un olor harto masculino, el de un hombre en su plenitud.

Estimada señora, le ruego que por unos momentos intente imaginar la situación y ponerse usted en mi lugar. ¡Qué incomparablemente extraña resultaba aquella sensación! Era tal el pánico que me invadía que, sumido en la oscuridad del interior de la butaca, mi cuerpo se encogía y envaraba, y notaba cómo me corría un sudor frío, descendiendo por las axilas a borbotones. Había perdido hasta la capacidad de razonar y me limitaba a vagar semiconsciente por un limbo.

Después de aquel hombre, a lo largo de ese mismo día pasaron por encima de mis rodillas varias personas que se fueron turnando para sentarse allí. Y nadie se dio cuenta en absoluto de que yo me encontraba dentro. Es decir, de que lo que tomaban por una mullida butaca en realidad eran los muslos de una persona, los míos, por los que corría la sangre.

Un universo totalmente a oscuras, donde era imposible moverse, dentro de una funda de cuero. ¡Qué mundo tan enigmático y fascinante era aquel...! Desde allí sentía a las personas como seres vivos por completo diferentes a como estaba acostumbrado a percibirlas a diario mediante la mera visión. Ahora, todas ellas quedaban reducidas a una voz o a un aliento, un sonido de pasos, un roce de la tela de su vestimenta o, también, a las maneras en que la carne de cada una presionaba sobre la butaca. Aprendí a distinguirlas no por su aspecto físico, sino por la impresión que dejaban sobre mi piel. Una era gorda y grasienta, lo que me provocaba las mismas sensaciones que el tacto de un pescado medio podrido; otra era todo lo contrario, huesuda y delgada, daba la impresión de ser un esqueleto; había otras que se diferenciaban por la forma en que se torcía su columna vertebral o en la que se abrían sus omoplatos, o por la longitud de sus brazos, el grosor de sus muslos o, también, el mayor o menor tamaño de su coxis. En definitiva, sumando todas aquellas notas, por mucho que se pareciera el cuerpo de dos personas, al final siempre encontraba algo que las caracterizaba. No hay duda de que los individuos, además de por su aspecto físico o por sus huellas dactilares, pueden distinguirse según la sensación táctil que produce el cuerpo en su conjunto.

Lo mismo puede decirse en cuanto a las personas del sexo opuesto. Por lo general, la gente manifiesta sus apreciaciones atendiendo sobre todo a la mayor o menor belleza de la apariencia física, pero en el mundo del interior de la butaca todo eso carecía de importancia. Allí solo existían la desnudez de la carne, el tono de la voz o el olor del cuerpo.

Le ruego, señora, que no sienta repugnancia ante la descripción tan explícita que le hago. La verdad es que, mientras me hallaba en ese mundo, brotó en mí un salvaje apego por la carne de cierta mujer (que había sido la primera en sentarse en mi butaca).

A juzgar por su voz, se trataba de una mujer extranjera, todavía joven. Justo en aquel momento no se encontraba nadie más en la habitación. Ella parecía estar muy contenta por algún motivo y, mientras cantaba en voz baja una extraña canción, entró en la estancia con un sonido de pasos como si estuviera bailando. Luego, cuando sentí que llegaba frente a la butaca donde me ocultaba, dejó caer su voluminoso pero en extremo suave cuerpo sobre mí. Además, quizá debido a algo que le parecía muy gracioso, comenzó a reírse de repente a carcajadas y a patalear y agitar los brazos, moviéndose como esos peces que brincan dentro de la red que los ha atrapado.

Luego, durante cerca de media hora, sentada sobre mis rodillas, canturreando de tanto en tanto, se retorcía y balanceaba su pesado cuerpo como si quisiera seguir el ritmo de la canción.

Para mí, este resultó un episodio en verdad traumático, que me puso cielo y tierra boca abajo, y que no esperaba en absoluto. Hasta entonces, las mujeres me habían parecido algo sagrado o, mejor dicho, temible y me abstenía incluso de mirar su rostro. Y, ahora, alguien con mi personalidad se encontraba en la misma habitación que una joven extranjera y, no solo en la misma butaca, sino separado de ella apenas por una fina superficie de cuero curtido, tan pegado a ella que podía sentir su calor. La joven apoyaba despreocupadamente todo su peso sobre mí, adoptando todo tipo de poses a placer, con la tranquilidad que da el saberse a solas y sin ser observada por nadie. Dentro de la butaca, yo podía emular toda una serie de posturas, como si la estuviera abrazando. Desde el interior del cuero podía besar su voluptuoso cuello. Podía llevar a cabo en libertad cualquier tipo de movimiento.

Cuando realicé este sorprendente descubrimiento, mis propósitos originales de dedicarme al robo pasaron a un segundo plano y caí preso de la fascinación por el extraño universo del tacto. Pensé lo siguiente: este en concreto, el mundo del interior de la butaca, es el auténtico lugar que me está reservado. Alguien como yo, feo y de carácter débil, donde impera la luz carece de cualquier otra posibilidad más que la de prorrogar una vida miserable sumido en la vergüenza y siempre acomplejado. Por el contrario, si cambia por una vez el entorno en el que vive por este otro dentro de la butaca y consigue aguantar las penalidades de su estrechez, puede estar junto a una bella mujer, escuchar su voz y sentir su piel. Una mujer que, por supuesto, en el mundo de la luz ni le dirigiría la palabra y a la que, además, ni siquiera le estaría permitido acercarse.

¡Un amor desde el interior de la butaca! Comprender el misterioso y embriagador atractivo que encerraba aquello es imposible para alguien que no haya probado a estar allí dentro. El único sustento de aquel amor consistía en el tacto, el oído y, en menor medida, el olfato. Un amor del mundo de las tinieblas que en absoluto pertenece al ordinario. ¿No consiste precisamente en esto la pasión del reino del diablo? Si uno lo piensa bien, en aquellos rincones de la sociedad a los que no llega la mirada humana, no podemos imaginar siquiera qué clase de cosas horribles y anormales pueden llegar a suceder.

Por supuesto, mi primera intención era la de huir cuanto antes del hotel una vez completado el robo, pero, tan pronto como quedé embargado por la alegría que suponía aquel extraño mundo sin igual, no solo dejé de pensar en la huida, sino que mi estado de ánimo cambió hasta el punto de desear continuar con aquella vida para siempre y convertir el interior de la butaca en mi eterna morada.

En todas mis salidas nocturnas extremaba los cuidados al máximo y, sin levantar el menor ruido ni dejar que me vieran, logré evitar, naturalmente, cualquier peligro. Aun así, teniendo en cuenta que tal periodo se alargó durante varios meses, haber conseguido continuar viviendo dentro de la butaca sin que nadie advirtiese mi presencia lo más mínimo me sorprende en verdad hasta a mí mismo.

Debido a que me pasaba, por decirlo así, veinticuatro horas al día en un lugar tan estrecho, con los brazos y las rodillas doblados, se me adormilaba todo el cuerpo y me resultaba casi imposible mantenerme después en posición erguida, de modo que para ir y venir a las cocinas o a los lavabos acabé necesitando arrastrarme como un tullido. ¿Hasta dónde había llegado mi locura? A pesar de todos los sufrimientos que tenía que soportar, no sentía el menor interés por abandonar el maravilloso y enigmático mundo del tacto.

En el hotel había algunos huéspedes que lo utilizaban como vivienda y se alojaban durante uno o dos meses, pero, por lo general, como sucede en cualquier otro, los clientes cambiaban sin parar. Por tanto, el objeto de mis extraños amores iba cambiando sin remedio cada dos por tres. Y el recuerdo de todos ellos no dependía, como en las experiencias habituales, del aspecto físico de la contraparte, sino, sobre todo, de las formas de sus cuerpos, que se iban grabando una tras otra en mi corazón.

Una de ellas era salvaje como un potro, con una carne prieta y esbelta; otra resultaba seductora como una serpiente, con un cuerpo que retorcía a voluntad; aquella otra parecía como una pelota de goma, gorda y con un cuerpo elástico y lleno de grasa, y también había una que poseía una carne robusta, distribuida a la perfección por un bien desarrollado cuerpo al modo de las esculturas griegas. Y todavía hubo más, pero en cada uno de aquellos cuerpos femeninos existía siempre alguna atractiva particularidad que los diferenciaba.

De esta forma, mientras iba pasando una mujer tras otra, conocí nuevas y singulares experiencias.

Una de ellas consistió en que, en cierta ocasión, tuve sobre mis rodillas el cuerpo del reputado embajador de una potencia europea (lo supe por un detalle que escuché comentar a un botones japonés del hotel). Aquel hombre era mucho más famoso a nivel mundial por sus cualidades como poeta que por su condición de político y debido a ello me sentía lleno de orgullo e incluso bullía de emoción por haber tenido contacto con su piel. Estuvo sobre mí durante unos diez minutos y, tras hablar con dos o tres personas de su mismo país, se puso en pie y se marchó. Por supuesto, no entendí ni una palabra de lo que decían, pero, cada vez que el hombre gesticulaba, movía todo el cuerpo, que a mí me parecía más cálido que el de la gente normal, haciéndome experimentar un cosquilleo que me producía una excitación imposible de calificar.

En aquel momento, de pronto, se me ocurrió lo siguiente: «Y si ahora... ¿Qué consecuencias tendría si desde este lado del cuero apuntase un afilado cuchillo hacia su corazón y lanzase una estocada? Ni que decir tiene que le causaría una herida mortal que le dejaría aquí tirado sin posibilidad de volver a levantarse. Y el gobierno de su país, ¡qué tormenta desencadenaría sobre el mundo de la política japonesa! Y, en cuanto a la prensa, llenaría sus páginas de artículos a cuál más tremendista. Un incidente así afectaría en gran medida a las relaciones diplomáticas entre Japón y el gobierno de su país y, además, desde el punto de vista artístico, no hay duda de que la muerte de este hombre supondría una gran pérdida». Provocar un suceso así estaba en mi mano, con la mayor sencillez del mundo. Pensando en ello, no pude evitar cierto sentimiento de superioridad.

La segunda de estas peculiares experiencias ocurrió cuando vino a Japón una famosa bailarina extranjera que, por azar, se alojó también en este mismo hotel y quien se sentó una única vez en la butaca donde yo estaba oculto. En ese momento experimenté una emoción similar a la del caso del embajador, pero, además, aquella mujer me proporcionó la sensación táctil de una belleza carnal ideal que hasta entonces nunca había conocido. Ante una belleza de tal calibre, ni siquiera se despertaron pensamientos lascivos en mi mente y, simplemente, igual que cuando uno queda extasiado ante una obra de arte, me sentí invadido por una profunda devoción, admirando a la mujer de todo corazón.

Aparte de las ya relatadas, viví otras muchas y diversas experiencias: unas raras, otras enigmáticas y también algunas desagradables, pero describirlas aquí no es el objeto de esta carta. Además, puesto que esta ya se ha alargado bastante, prefiero avanzar cuanto antes hacia el punto principal.

Pues bien, unos meses después de mi llegada al hotel, se produjo un cambio en las circunstancias que me rodeaban. Y es que el propietario del hotel, por algún motivo, decidió regresar a su país y ceder el establecimiento, junto con todo lo que estaba en su interior, a una compañía japonesa. Entonces, aquella empresa local decidió cambiar la política de lujo que venía caracterizando la línea de explotación del hotel para convertirlo en un establecimiento donde pudieran alojarse clientes de un espectro más amplio, con la esperanza de obtener así mayores beneficios. Debido a ello, los enseres que se consideraron innecesarios fueron depositados en manos de un gran comerciante de muebles para que los ofertase al mejor postor, y en ese inventario para posterior subasta figuraban también mis butacas.

Cuando me enteré de ello, al principio sufrí una gran decepción. Incluso pensé en aprovechar la ocasión para volver al mundo del común de los mortales y comenzar una nueva vida. Como por entonces, gracias a mis robos, contaba con una elevada cantidad de dinero, ya no tendría que llevar una existencia miserable como la de antes aun cuando decidiese vivir de nuevo a la vista de todos. Sin embargo, pensándolo una segunda vez, aunque salir de un hotel especializado en extranjeros suponía una gran decepción, significaba también la ventana a una nueva esperanza. Durante varios meses había amado a muchísimos tipos de mujeres, pero, como mi contraparte siempre había sido una extranjera, por muy maravilloso o de mi gusto que fuera su cuerpo, no podía evitar que, psicológicamente, me recorriera un extraño sentimiento de insatisfacción. ¿No sería en definitiva que, como japonés que era, no podía conocer el verdadero amor si mi pareja no era también japonesa? Poco a poco, comencé a pensar cada vez más de esta manera. Fue justo entonces cuando mi butaca pasó a ofrecerse en venta al mejor postor. En aquella ocasión, podría ser que, por casualidad, fuera un japonés quien la comprara. Y, entonces, a lo mejor sería instalada en el interior de un hogar japonés. Aquello se convirtió en mi nueva esperanza. Así fue como decidí que, en cualquier caso, continuaría viviendo durante un tiempo más en el interior de la butaca.

Durante los dos o tres días siguientes pasé unas penalidades extremas en el almacén del establecimiento, pero, una vez comenzado el periodo de subasta, para mi felicidad, enseguida apareció un comprador. Posiblemente fuera gracias a que su fabuloso acabado era todavía capaz de llamar la atención pese a no ser un mueble nuevo.

El comprador era un empleado de alto rango del Gobierno que vivía en la capital, no muy lejos de la ciudad de Y. Recorrí las pocas leguas de camino que separaban el almacén del comerciante de la residencia de aquel hombre en un camión que traqueteaba con violencia, por lo que pasé tales sufrimientos dentro de la butaca que me creí a punto de morir. Pero, comparadas con la alegría de que, tal y como deseaba, el comprador fuera un japonés, mis penurias carecían de importancia.

El funcionario que las había adquirido poseía una residencia magnífica y mi butaca fue emplazada en un amplio estudio, situado en el anexo de estilo occidental de la misma. Pero lo que supuso para mí una auténtica fuente de satisfacción fue que dicha biblioteca, más que por el hombre, era utilizada por su joven y bella esposa. Desde entonces y durante cerca de un mes, estuve continuamente junto a la señora. Exceptuando el tiempo en el que se marchaba a comer o se retiraba para dormir, el suave cuerpo de aquella mujer se hallaba siempre sobre el mío. La razón era que esta pasaba largo rato en el estudio con la cabeza ocupada en escribir el original de uno de sus nuevos trabajos.

No hace falta que le describa aquí palabra por palabra de qué manera me enamoré de aquella señora. Ella era la primera mujer japonesa con la que entablaba contacto y, además, gozaba de un cuerpo lo bastante hermoso. Fue la primera vez que sentí el verdadero amor. Comparadas con aquella sensación, las numerosas experiencias anteriores en el hotel de ningún modo merecían llamarse «amor». La prueba es que, hasta entonces, a pesar de que ni una sola vez había pensado en ello, con esta señora no podía resignarme a deleitarme tan solo con mis caricias secretas, sino que deseaba darle a conocer mi existencia a toda costa. Los esfuerzos que dediqué a pensar en esta cuestión revelan mis sentimientos de manera evidente.

Deseaba que, a ser posible, también ella cobrase consciencia de mi presencia en el interior de la butaca. Y que, aunque fuera ya pedir demasiado, sintiese igualmente amor hacia mí. Pero ¿de qué manera podría hacérselo saber? Si le diese a conocer de forma directa que allí dentro se escondía una persona, con toda seguridad se llevaría un susto tan grande que no haría sino informar enseguida a su esposo y al personal de servicio. De esa manera, no solo se echaría todo a perder, sino que, además, me acusarían de ser un terrible delincuente y tendría que someterme al castigo que me impusieran las leyes.

Decidí entonces esforzarme para, al menos, hacer sentir a la señora que no existía butaca más confortable que la mía y provocar en ella un cierto apego hacia el mueble.

No me cabía duda de que, dada su condición de artista, seguramente poseería una sensibilidad mucho más aguda que la de las personas corrientes. Si pudiera ella sentir la vida latiendo en el interior de mi butaca, si llegase a sentir afecto por el mueble no en calidad de objeto inanimado, sino como ser vivo, sería para mí suficiente satisfacción.

Cuando dejaba caer su cuerpo sobre mí, ponía toda mi alma en que, dentro de lo posible, el contacto resultase suave y agradable. Cuando, encima de mí, se sentía ella cansada, movía las rodillas de manera casi imperceptible, esforzándome por que la posición de su cuerpo pudiera variar poco a poco. Y, cuando comenzaba a quedarse adormilada, oscilaba las rodillas con suavidad y sin hacer ruido, como si la estuviera acunando.

No sé si mis esfuerzos han recibido alguna recompensa o si se trata solo del fruto de mi enloquecida imaginación, pero me da la impresión de que recientemente ha comenzado a sentir amor hacia mi butaca. Hunde su cuerpo en ella de manera dulce y relajada, igual que un bebé cuando se acomoda en brazos de su madre, o como la doncella que responde al abrazo de su amado. Hasta me parece que la forma en que mueve su cuerpo cuando está sobre mis rodillas transmite cierta nostalgia.

De este modo, mi pasión va ardiendo con mayor ferocidad cada día que pasa. Y finalmente... Ah, estimada señora, al final y sin reflexionar acerca de mi condición, he llegado a albergar la petición de un deseo que tiemblo al formular... Consiste en que, si pudiera echar una mirada al rostro de mi amada e intercambiar unas palabras con ella aunque fuera una sola vez, no me importaría morir a continuación.

Estimada señora, entiendo que, por supuesto, hace ya tiempo que habrá comprendido la verdad. Disculpe la terrible insolencia mostrada al hablarle de «mi amada». En efecto, es usted. Soy el infeliz que, desde que su esposo compró mi butaca en aquel establecimiento de la ciudad de Y., le ha profesado un amor indigno de usted.

Estimada señora, tan solo le suplico una cosa en esta vida. ¿No sería posible que, por una sola vez, aceptara encontrarse conmigo? ¿Y no podría dirigirle unas pocas palabras que le sirvan de consuelo a este feo y miserable hombre? Le aseguro que de ninguna manera le pediré nada que vaya más lejos. Porque soy un hombre demasiado feo e infame para concebir tales esperanzas. Se lo ruego, se lo ruego, por favor, atienda usted esta súplica que le hace el hombre más desgraciado del mundo.

Anoche, al objeto de escribir esta carta, abandoné su residencia. Habría sido extremadamente peligroso hacerle esta petición cara a cara y, además, sería incapaz de hacer algo semejante. Ahora mismo, mientras usted la lee, vago errabundo en torno a su casa con las facciones pálidas a causa de la enorme preocupación que me atenaza.

En caso de que acepte usted este ruego tan incomparablemente insolente, le pido que cuelgue uno de sus pañuelos en la maceta de claveles que hay en la ventana del estudio. Cuando vea esta señal, llamaré a su puerta fingiendo ser un visitante casual.

* * *

Así, con tan encendidas palabras de súplica, finalizaba la estrafalaria carta.

Al llegar a algo más de la mitad de la lectura, Yoshiko se sintió invadida por un terrible presentimiento que la hizo palidecer.

En ese momento, se puso en pie casi inconscientemente, salió huyendo de la biblioteca donde se encontraba la siniestra butaca y se metió en la sala de estar de estilo japonés del edificio principal. Por unos instantes pensó en no leer jamás el resto de la carta y tirarla a la basura tras rasgarla en pedazos, pero, como al fin y al cabo su contenido la tenía en vilo, continuó leyendo en la mesita baja de la sala de estar.

Tal y como se temía, su presentimiento había dado en el blanco.

¡Qué acciones tan temibles aparecían allí! ¿Habría estado un hombre desconocido metido dentro de la butaca con reposabrazos en la que se sentaba ella a diario?

—¡Ah..., qué cosa tan escalofriante!

Comenzó a temblar, sintiendo como si le hubieran echado un jarro de agua fría por la espalda. Y, por más tiempo que transcurría, no se le pasaban los extraños escalofríos.

La situación resultaba tan inesperada que sus pensamientos vagaban de un lado a otro, sin acertar a decidir qué medidas tomar. ¿Quizá probar a mirar en el interior de la butaca? Pero ¿cómo iba a atreverse a hacer algo tan repugnante y espantoso? Aun cuando ya no hubiese nadie dentro, seguro que quedarían restos de comida o de cualquier otro tipo de suciedad que hubiera estado adherida al cuerpo de aquel hombre.

—Señora, ha llegado una misiva.

Dio un respingo y, al girarse, vio que una de las empleadas del servicio traía un sobre que, al parecer, acababa de llegar.

Con la mente en blanco, Yoshiko tomó el sobre y estaba a punto de abrirlo cuando, de repente, al fijarse en la caligrafía se llevó un susto tan fuerte que por poco no lo soltó, dejándolo caer. Allí estaban escritos su nombre y dirección como destinataria con una letra de trazos idénticos a los de la siniestra carta anterior.

Durante largo tiempo dudó si abrirla o no.

Sin embargo, terminó por rasgar el extremo del sobre y, con el corazón latiéndole intensamente por el miedo, procedió a leer el contenido. La carta era muy breve, pero de nuevo su inesperado contenido la sorprendió.

Le pido mil disculpas por mi impertinencia al enviarle de repente esta carta. Hace tiempo que me convertí en un ferviente admirador de sus obras. El texto que le he remitido en un sobre diferente es una pobre muestra de mi ingenio como autor aficionado. Si una vez leído pudiera usted darme su opinión al respecto, no habría para mí mayor felicidad. Puesto que, debido a ciertos motivos, eché al correo aquel original antes de escribir esta misiva, imagino que ya lo habrá leído. ¿Qué le ha parecido? Me sentiría muy contento si, a pesar de tratarse de una obra de escaso talento, hubiera conseguido despertar algún tipo de emoción en una autora tan excepcional como usted.

He omitido intencionadamente el título en el original, pero mi idea es ponerle La butaca humana.

Rogándole me disculpe una vez más, me despido reiterándole mi súplica.

Atentamente.

SATORI hilados

Una colección de cuadernos artesanales
con hilo visto en cosido Singer.